世界经典童话小说书

达玛寻亲记

著者 / 佚名　编译 / 王一明 等

吉林出版集团股份有限公司｜全国百佳图书出版单位

图书在版编目（CIP）数据

达玛寻亲记／（斯洛文尼亚）佚名著；王一明等编译.--

长春：吉林出版集团股份有限公司，2016.12

（世界经典童话小说书系）

ISBN 978-7-5581-2098-5

Ⅰ.①达⋯ Ⅱ.①佚⋯ ②王⋯ Ⅲ.①儿童故事－作

品集－世界 Ⅳ.①I118

中国版本图书馆CIP数据核字（2017）第065130号

达玛寻亲记

DAMA XUNQIN JI

著　　者	佚　名
编　　译	王一明 等
责任编辑	林　丽
封面设计	张　娜
开　　本	16
字　　数	50千字
印　　张	8
定　　价	18.00元
版　　次	2017年8月　第1版
印　　次	2020年10月　第4次印刷
印　　刷	三河市嵩川印刷有限公司
出　　版	吉林出版集团股份有限公司
发　　行	吉林出版集团股份有限公司
地　　址	长春市绿园区泰来街1825号
电　　话	总编办：0431-88029858
	发行部：0431-88029836
邮　　编	130011
书　　号	ISBN 978-7-5581-2098-5

儿童自然单纯，本性无邪，爱默生说："儿童是永恒的弥赛亚，他降临到堕落的人间，就是为了引导人们返回天堂。"人们总是期待着保留这份童真，这份无邪本性。

每一个儿童都充满着求知的欲望，对于各种新奇的事物，都有着一种强烈的好奇心，这样在成长的过程中就不可避免地被好的或坏的事物所影响。教育的问题总是让每个父母伤透了脑筋，生怕孩子们早早地磨灭了童真，泯灭了感知美好事物的天性。童话很好地解决了这个问题，让儿童始终心存美好。

徜徉在童话的森林，沿着崎岖的小径一路向前，便会发现王子、公主、小裁缝、呆小子、灰姑娘就在我们身边，怪物、隐身帽、魔法鞋、沙精随时会让我们大吃一惊。展开想象的翅膀，心游万仞，永无岛上定然满是欢乐与自由，小家伙们随心所欲地演绎着自己的传奇。或有稚童捧着双颊，遥望星空，神游天外，幻想着未知的世界，编织着美丽的梦想。那双渴望的眸子，眨呀眨的，明亮异常，即使群星都暗淡了，它也仍会闪烁不停。

童心总是相通的，一篇童话，便会开启一扇心灵之窗，透过这扇窗，让稚童得以窥探森林深处的秘密。每一篇童话都会有意无意地激发稚童的想象力和感知力，让他们在那里深刻地体验潜藏其中的幸福感、喜悦感和安全感，并且让这种体验长久地驻留在孩子的内心，滋养孩子的心灵。愿这套《世界经典童话小说书系》对儿童健康成长能起到一点儿助益，这样也算是不违出版此书的初心了。

编者

2017 年 3 月 21 日

目录

MULU

神奇的樱桃树

在一座海岛上，住着一个老国王。他得了重病，本国的医生都治不好他，于是从世界各地请来了许多名医。可这些医生用尽了一切办法也没有治好国王。

"您只有吃了王宫花园中央那棵巨大的樱桃树结的樱桃，病才能痊愈。"一位大臣说道。

国王下令在各地张贴告示：不论是谁，只要能把那棵巨大的樱桃树顶上的樱桃摘下来，国王就把公主嫁给他！

看到通告后，成千上万的人纷纷赶来，聚集在王宫里。队伍中有王子、农夫、裁缝、骑士、扫烟囱的、面包师傅和开磨坊的老板等。

他们都想爬上那棵樱桃树，可树身是磁石做的，很滑，根本爬不上去。

国王非常失望，病情越来越重。

一天，一个年轻的牧羊人来到王宫，说自己能爬上那棵神奇的樱桃树。

"连那么多勇敢的骑士都爬不上去，你一个乡巴佬怎么会上得去呢?"看门人轻蔑地说道。

牧羊人再三恳求，国王最后答应见他了。

牧羊人爬树前，请求国王给他六双铁鞋和六副铁手套。牧羊人穿上一双铁鞋，戴上一副铁手套，把其余的捆在一起，背在背上。

王宫里聚集了一大群看热闹的人。出人意料的是，牧羊人飞快地爬了上去，越爬越高。几分钟后，人们就看不见他了，因为树太高了，树尖已经伸到云层上面了。

牧羊人换用第六双铁鞋和铁手套的时候，忽然发现前面有一根树枝挡住了去路。他紧紧地拉住树枝，爬了上去。

牧羊人爬上树枝后，发现自己竟不是在树枝上，而是在绿茵茵的草地上。草地的中央有一座闪闪发光的用钻石建造的宫殿。

此时，他又累又饿，便向宫殿的大门走去。他刚走到大门口，门就自动打开了。

牧羊人穿过了许多个房间，却一个人也没碰到。当走到第一百个房间时，他看见一位美丽的公主坐在一把镶满珍珠和猫眼石的金椅子上。

"你怎么跑到这里来了？你来做什么？"公主笑着问牧羊人。

"我是为了摘树顶上的樱桃而来的。"牧羊人恭敬地回答道。

"你真是个傻瓜！那些樱桃没有什么价值。你既然来了，就留在我这儿做仆人吧。"公主笑着说。

牧羊人心里明白，自己是回不去了，因为他的六双铁鞋和铁手套全都磨穿了。没有了这些东西，他会掉下去摔死的。

牧羊人留在宫里做了公主的仆人。时间就这样一天天过去了。

公主对他温柔和善，牧羊人也忠厚老实，工作勤恳。每天做完活儿后，公主都会在他的用餐盆里放一粒宝石或者珍珠。不久，他就收集了一口袋。

公主每个星期天都要到教堂去。每次临走时，她都要吩咐牧羊人在她回来之前把午餐准备好。

一天，牧羊人干完活儿后，穿过一个又一个房间，来到一个大房间。他惊讶地发现，这里有一匹古铜色的马正在吞吃一盆红红的火。

"你为什么留在这里，善良的年轻人？快跳到我背上来，我带你去教堂。"牧羊人一走进去，马就对他说起了话。

牧羊人吃惊地瞪大了眼睛，一脸的疑惑。

"首先你在我的右耳朵里取出一套衣服穿上。不过你要记住，要在公主离开教堂之前出来。千万记住，如果让公主发现了我们，那么一切都会消失。"马嘱咐道。

牧羊人从马的耳朵里取出一个核桃壳，又从核桃壳里取出一套华丽的黄铜色衣服。衣服瞬间变大，他穿上衣服，骑马飞奔而去。

眨眼的工夫，他们就到了教堂。牧羊人立刻走了进去，坐在公主的对面。

公主目不转睛地望着骑士。

"以前从来没见过这样帅气的骑士。"公主心想。

祷告刚结束，牧羊人迅速离开了教堂。公主立刻追上去，刚追到门口，就发现骑士已经不见了踪影。

牧羊人回到宫殿里，脱下黄铜色的衣服，开始为公主准备午餐。在公主回来之前，他把一切都准备好了。

"你今天没有去教堂真是太可惜了。"公主一见到牧羊人，便兴高采烈地说道。

牧羊人故作镇定，没有吱声。

公主开始仔细地端详着他。

"我今天遇到一个帅气的骑士，长得跟你很像孪生兄弟呢!"公主接着说道。

牧羊人始终沉默不语，不过心里却很甜蜜，因为他觉得公主喜欢上他了。

又到了公主去教堂的日子，临走时她吩咐牧羊人为她准备午饭。

等公主走远之后，牧羊人就跑到古铜色的马身边，请求它再带自己去教堂。可是那匹马说隔壁房间的银毛马很乐意为他效劳。

牧羊人走进隔壁房间，看到了那匹银毛马。

"年轻人，赶快从我的右耳朵里取出衣服穿好，我带你去教堂。要记住，你要赶在公主之前回到家。"银毛马嘱咐道。

　　牧羊人从核桃壳里取出一套银灰色的衣服，麻利地将它穿上，变身为华丽的骑士。他翻身上马，眨眼的工夫，就到了教堂。

　　牧羊人走进教堂，刚坐下就把所有人的目光都吸引了过来，每个人都流露出赞赏的神情。公主一直含情脉脉地盯着他，再也舍不得将自己的目光从他身上移开。

　　公主下定决心要弄明白这位骑士的来历。

　　祷告结束了，牧羊人急匆匆地冲出教堂。公主连忙起身跟了出去，不过等她追到教堂门口时，骑士早已经不见

了踪影。

"快！快追！我要马车跑得像风一样快！一定要追上那个穿银色衣服的骑士！"公主对马夫大喊道。

可是，尽管她的马车飞速奔跑，还是没有赶上骑士。

公主回到宫里，气喘吁吁地跑进餐厅，看见饭菜已经摆好了。牧羊人正垂手站在桌子旁边，准备侍候她用餐。她感到有些吃惊，抬眼看了看他。

"你去过教堂吗？"公主疑惑地问道。

"我一直留在房间里，按照你的吩咐准备午餐。"牧羊人回答说。

公主将信将疑，感觉眼前这个牧羊人就是那个骑士。公主有了心事儿，饭也没吃就回房间了。

公主做了个美梦，梦见她成了那个骑士的新娘。她在梦中笑出了声。

终于到了星期天。这次去教堂，她精心挑选了十二匹跑得最快的火马为她拉车，又挑选了驾车技术最好的马车夫。

这天，牧羊人穿的是金黄色的衣服，骑的是金毛马，仍然像上次一样，坐在前面的位子上。公主决定这次一定不能让他跑掉。

聪明的牧羊人看出了公主的心思，祷告还没有结束，就轻手轻脚地走了出去，骑上金毛马快速离开了。

等公主发现的时候，他已经走远了。公主很生气，心爱的人再一次在自己的眼皮底下走掉了。

她被自己的愚笨激怒了，不顾一切地冲出教堂，让马车夫驾起十二匹火马，飞奔起来。但无论火马跑得有多快，她仍然看不见骑士的踪影。

公主没有追到骑士，垂头丧气地回到宫里。她走进餐厅，看见饭菜已经准备好了。牧羊人站在一旁等候。

"你已经欺骗我两次了，现在不能再否认了，你就是那个骑士！"公主突然大喊道。

"我不否认，最亲爱的公主！"牧羊人轻声回答。

公主又惊又喜，上前紧紧地拥抱他。

"不管你是什么人，从哪里来，我都要嫁给你。我一定要和你在一起!"公主激动地说道。

牧羊人和公主很快就结婚了，他们愉快地生活在一起。

一天，牧羊人独自留在宫中，闲来无事，就在王宫的院子里逛来逛去。不知不觉，他走到一个很偏僻的角落，突然看见有一个大铁塔耸立在那里。

铁塔的大门被一把坚固的大铁锁牢牢地锁着，可钥匙却仍然插在锁眼上。牧羊人很好奇，想知道里面有什么东西，于是便走过去想看个究竟。

突然，他听到从塔里面传来一阵痛苦的呻吟声。声音很凄惨，让人听了不由得心生怜悯。

牧羊人打开了铁塔的大门，站在门口往里面看，顿时吓得目瞪口呆，浑身发抖。

铁塔的一面墙上锁着一个长着十二个头的怪物。

"亲爱的王子，求求你把我从这里救出去吧！我对天发誓，我没有做过错事，是一个残暴的巨人把我丢进这黑暗的牢房里的。他们把我的财产抢去了！"怪物对牧羊人说。

牧羊人天生善良，轻易地相信了怪物的话，之后走进铁塔，把沉重的铁链取下来，又回餐厅拿了一桶酒和一些食物给它吃。

过了一会儿，公主回来了。牧羊人把自己放掉怪物的事儿告诉了她。公主一听大惊失色。

"你这个愚蠢的人！你知道你干了一件多么荒唐可怕的事儿吗？你把我们最危险的敌人给放掉了。这个怪物一旦获得自由，就会来把我抢走。王宫里所有的军队都抵挡不住这个怪物。它的威力太可怕了……"公主一边说，一边哭了起来。

牧羊人这才知道自己闯下了大祸，非常后悔，一时间也不知道怎么安慰公主。

夜里，怪物果然来了。士兵们根本挡不住它。公主就这样被它带走了。

牧羊人悲伤极了，四处寻找自己的妻子，几乎喊破了喉咙，跑断了腿，也无济于事。最后，他走到金毛马的身边，无奈地抱着它痛哭起来。

金毛马许诺一定帮他找到公主。

金毛马驮着牧羊人，闪电般飞驰而去。他们飞过高山、峡谷、海洋、河流、田野……

不知道飞了多久，金毛马终于停了下来。牧羊人一眼就看见他的爱妻在一口水井旁边，一边洗衣服一边伤心地哭泣着。他又惊又喜，连忙跑上前去。

看见了金毛马和自己的丈夫，公主顿时破涕为笑，扑入了他的怀中。金毛马驮着牧羊人和公主往王宫的方向飞去。

怪物发现公主不见了，暴跳如雷，急忙跨上由二十四匹火马拉着的飞轮车，去追赶他们。在钻石宫殿的门前，怪物追上了他们。

公主见怪物追来，吓坏了，一头钻进牧羊人的怀里，不停地哆嗦。

怪物伸手将公主从牧羊人怀里拉开。

"小子，这次我不杀你，是因为你把我从铁牢里放了出来。如果你再敢到我这里来带走公主，我就会把你撕成碎片！"怪物大吼道。

说完，它抓着公主飞走了。

牧羊人非常疲惫，但顾不上休息，立刻恳求金毛马再把他带到那口井边去。金毛马只好照做。

怪物看见牧羊人又来了，暴跳如雷，狠狠地将他撕成了一百块碎片，扔在地上。公主见丈夫惨遭怪物毒手，当场昏了过去。怪物趁机将公主带走了。

怪物离开不久，乌鸦国的白发国王带着十二个乌鸦侍从路过这里。白发国王决定要救这个年轻人，因为怪物也是他的敌人。

侍从们听从国王的命令，到蓝色的牧场采来了大量的草药。它们将牧羊人的尸体碎块儿找齐。然后把草药放在上面。

不大一会儿，牧羊人的尸体碎块儿自动找准位置粘在了一起。牧羊人复活了，而且更加强壮。

"你必须去寻找一匹三条腿的马。它会助你救回妻子。想要得到这匹马，你必须完成一项任务。黑色城堡有个女巫，她有四匹马，其中三匹马是高贵的，眼睛会像钻石一样闪光。另外一匹马是灰色的，三条腿，看上去又老又瘦，很不起眼，但它能力超强。到了黑色城堡，女巫会让你牵这四匹马去吃草。"白发国王说道。

"牵马的人只要稍微一放松缰绳，它们就会立刻飞走。这样，女巫就会把这个放马人杀掉。

"如果你能把马安全带回，就可以选其中的一匹马作为奖赏。记住要选三腿马，你若不想被杀掉，那么你的两只手就要牢牢牵住缰绳。"白发国王叮嘱道。

谢过了白发国王的救命之恩，牧羊人直接去了黑色城堡。

"尊敬的女巫，我是来为您放马的。"牧羊人一见到女巫便说道。

"我的好孩子，我很乐意让你去照顾我的四匹马。如果你能平安带回它们，就可以任意挑选一匹马作为你的报酬。但是如果你让它们逃走了，我就会杀掉你。"女巫警告说。

女巫将牧羊人领到马棚里，把四匹马的缰绳交给他。牧羊人带着马来到了牧场。四匹马很听话，安静地吃着草。

忽然，一块很大的红色石头掉到牧羊人面前。他觉得很好奇，想捡起来看看是什么东西。然而，在他弯腰捡石头的时候，不由得放松了手里的缰绳。四匹马立刻无影无踪。

牧羊人坐在草地上，绝望地哭了起来。

牧羊人痛哭了一会儿，便从地上爬了起来，漫无目的地朝前走去。

迎面走来了一个陌生的小伙子。小伙子见他满脸悲切的样子，便停住脚步。

"我的朋友，你为什么这么悲伤?" 小伙子问道。

牧羊人把自己的遭遇告诉了他。

"不要难过，我可以帮助你。那四匹马跑的时候已经把缰绳丢下了。你只要把缰绳捡起来，用它敲打大地，那四匹马就会立刻出现。" 小伙子告诉牧羊人。

听了小伙子的话，牧羊人顿时喜出望外，觉得自己又有了希望。小伙子帮着他找到了马丢下的缰绳。

牧羊人手握缰绳，用力抽打大地。眨眼间，奇迹出现了，四匹马真的都回来了。拴好马，小伙子和牧羊人一起回了城堡。

女巫看见牧羊人把四匹马都平安地带了回来，惊呆了。她完全没有预料到这个年轻人能有这么大的能耐。因为不能违背承诺，女巫很不情愿地问他要挑选哪一匹马。

"我要那匹三条腿的马。"牧羊人回答说。

"你这个笨蛋！我本想把那匹最美丽，长着钻石眼的马给你，还会另加一个金笼头。可是你却要挑那匹可怜的老灰马！"女巫一听，顿时尖叫起来。

"尊敬的女巫，谢谢您的好意！但是我一定要挑那匹三条腿的马，我非常喜欢它。"牧羊人坚持道。

女巫只好兑现承诺，把三条腿的马送给了牧羊人。

牧羊人牵着老马离开了城堡。刚离开城堡，这匹老马竟然一跃而起，特别有精神。

"你挑选我真是好运气，因为只有我能够救你的妻子。快骑到我背上来吧，我们立刻就去救公主。"三腿马突然开口说话了。

牧羊人跳上马背。老马立刻腾起三条腿，飞了起来。很快，他们就到了公主洗衣服的井边。

牧羊人和公主久别重逢，紧紧地拥抱在一起。他们不敢耽搁，急忙骑上老马迅速离开。怪物发现后，骑上一匹

长有五条腿的马，疯狂地在后面追赶。

"我们追不上他们了，因为他们骑的是我的哥哥，它是世界上跑得最快的三腿马。"跑着跑着，五腿马对怪物说道。

"闭嘴！如果追不上你哥哥，我就把你撕成碎片，扔给我的猎狗吃！"怪物立刻咆哮起来。

三腿马放慢速度，怪物越追越近。

"把怪物从你的背上扔下去!"三腿马对五腿马喊道。

听了哥哥的话,五腿马向高空飞去,突然一声嘶鸣,身子向上立起。怪物没有防备,一下子从马背上滑了下来,尖叫着坠落到地上,顿时摔得粉身碎骨。

除掉了怪物,五腿马也随牧羊人一起回了王宫。

王宫里又恢复了往日的平静。不久,小伙子来王宫做客,受到了热情接待。一天,牧羊人突然想起了他来这里的目的:来采摘樱桃给老国王治病。可是都过去这么久了,国王的病也不知道怎么样了?牧羊人心里很是愧疚,便把自己的心事告诉了妻子和那个小伙子。

"不要忧愁,我的朋友!你的善良会让他们感动的!你不能离开这里,不能离开你心爱的公主。让我替你把樱桃给国王送去吧!"小伙子说。

小伙子从樱桃树的顶端滑到地面,把樱桃交给了国王,并禀告了牧羊人所经历的一切。

国王吃了樱桃,马上有了精神,病也完全好了,心里

非常感激小伙子。

后来，小伙子留了下来，和公主结了婚，最后当上了国王。他用自己的聪明智慧把王国治理得井井有条。

小伙子和公主相亲相爱。牧羊人和妻子也美满幸福。

阿提拉的故事

　　阿提拉是匈奴人的皇帝，英勇非凡，曾率领士兵横扫整个欧洲。可就在他再婚当天，皇宫里却传出了一个令全国百姓恐慌的消息：阿提拉死了！那些从各地赶来庆贺的骑兵，还盼着婚礼结束后，让阿提拉率领他们一展雄风呢！他们不敢相信这个消息，甚至认为阿提拉是被谋杀的。

　　"阿提拉！阿提拉！把谋杀者交出来！"愤怒的人群向皇宫拥去。

　　突然，怒吼声戛然而止，阿提拉的大儿子爱拉克出现在皇宫门口。

"我父亲是因病去世的!"爱拉克大声宣布。

对于这样的解释,人们根本不相信,议论纷纷。

爱拉克长得很像他的父亲,身材矮壮,胸部宽厚,长胳膊,大脑袋。

"阿提拉是个大英雄,他曾让罗马颤抖、让康斯坦丁诺布尔城降服,为我们建立了辽阔的帝国!世界是属于我们的,是阿提拉给予我们的!"待人们安静下来,爱拉克继续喊道。

"阿提拉!阿提拉!"人群中爆发出一阵阵呼喊声。

"明天,我们将为阿提拉举行隆重的葬礼,我们要用铁血、歌曲和舞蹈来祭奠阿提拉!"爱拉克庄严地宣布。

人群渐渐散去,只有士兵们不解盔甲,马不离鞍,严阵以待。

爱拉克回过身来,看到一个高个子男人站在身后。

"弗拉维尔斯,你也为我父亲的去世感到悲哀吗?"爱拉克的语气很怪，显然话中有话。

弗拉维尔斯是罗马帝国派来的使者。

"公元453年的这一天将被永远载入史册，全世界都会记住阿提拉的。"弗拉维尔斯向爱拉克深深鞠了一躬。

"你在幸灾乐祸吧，但是你错了，虽然我的父亲死了，但我们仍将继续战斗！"爱拉克指着远处平原上队列整齐、浩浩荡荡的战车说道。

远处的平原上，小孩子们伏在羊背上，手持小弓箭练习骑射。

"今天他们杀的是鸟儿和老鼠，明天消灭的就是敌人！"爱拉克的话语中不无炫耀。

弗拉维尔斯沉默不语，思绪万千。公元5世纪，一个亚洲游牧民族从大草原来到欧洲。他们攻城略地，直逼罗马帝国。就在这关键时刻，阿提拉率领的令欧洲人惧怕的匈奴骑兵，成为罗马帝国的临时联军。

匈奴人身裹兽皮，脚蹬皮靴，手持弓箭、皮鞭和弯刀，打起仗来勇猛无比，势不可挡。进入欧洲后，一些德意志人、斯拉夫人也加入了他们的队伍。

往事一幕幕地出现在弗拉维尔斯的脑海中。

"打仗，罗马人永远不是我们的对手。罗马人，妇人也!"阿提拉经常这样说。

"你也在罗马住过，曾亲眼见证我们的繁荣。"弗拉维尔斯平静地提醒阿提拉。

"我不仅看到了贵国的辉煌，更看到了贵国的奢华风气和士兵的软弱。我十二岁那年，匈奴皇帝，也就是我的伯父，派我去你们那里做人质。你们想改变我，但根本不可能，因为我从小就是喝马奶、吃生肉长大的。我父亲给我起名阿提拉是有寓意的。"阿提拉回忆着往事。

弗拉维尔斯不同意阿提拉的观点。

"朋友，在我们的语言里，阿提拉是铁的意思。我父亲早就看出，我将来能成为皇帝。我就是一块铁。当你们身着长袍，漫步在罗马街头吟诗的时候，我正在马上狩猎，带兵出征。我七岁时就能跃马挥刀，多少个日夜都是在马鞍上度过的，而你们呢，却在灯红酒绿中翩翩起舞。"阿提拉伸出手臂，掌心向上，慢慢攥成拳头。

"但你最后还是来了罗马。"弗拉维尔斯语言尖刻。

"我不是自愿的，父亲死后，是伯父将我作为人质送到了罗马！"阿提拉咬牙切齿地说。

"你不是人质，是我们请来的尊贵客人。"弗拉维尔斯一字一句地纠正。

"还不是一样，你们曾希望我变得软弱。"阿提拉说出了自己真实的感觉。

"看来是我们想错了。"弗拉维尔斯低声说道。

阿提拉又是一阵大笑，在弗拉维尔斯背上拍了拍。

"你这样恨我们，为什么还来帮助我们呢？"弗拉维尔斯感到疑惑。

"我是有目的的，虽然我现在还不是匈奴的皇帝，但我坚信这是迟早的事。我必须使自己的队伍强大起来。"阿提拉回答说。

伯父死后，阿提拉继承了皇位。在登基典礼上，阿提拉庄严宣布，远征就要开始，匈奴人必定是最后的胜利者。和他一起出征的人，都会得到土地、女人和财富。他必将前程远大，注定千古流芳，只有匈奴人才配和他共享这一荣誉。

人们群情振奋，情绪高昂，准备随时跟随阿提拉远征，但也有个别人心存疑虑。

"您的兄弟珀莱达不是也号召我们追随他吗?"一个士兵问道。

"他已经在一次狩猎中死了。他与我走的路完全不同，你们只能选择其中一条!"阿提拉怒吼道。

这时，一个手举宝刀的骑士飞奔而来。

人们顿时安静下来，阿提拉的目光中充满了喜悦。大家都知道，这不是一把普通的刀。很久以前，当匈奴人还在亚洲大草原上游牧的时候，首领就命人铸了一把宝刀。后来，这把宝刀神秘地失踪了。预言家们说，得到这把宝刀的人不仅能当皇帝，而且注定会成为一个伟人。

"你是怎么发现它的？"阿提拉问道。

"主人，我儿子骑羊时看到一只羊蹄突然流血了，原来它踩在了宝刀上。"骑士回答说。

骑士将宝刀高高举过头顶，献给阿提拉。

"天意。预言家们曾经说过，得到这把宝刀的人不仅能当皇帝，而且注定会成为一个伟人。我现在告诉你们，我将统治世界，我要让匈奴人所到之处都长出青草！"阿提拉接过宝刀，庄严地宣告。

如果说有人以前还有什么顾虑，那么现在全没了。由于有了这把传说中的宝刀，人们对阿提拉更加深信不疑。

阿提拉带领军队横扫欧洲大陆，罗马帝国皇帝萨奥都涅斯只好把康斯坦丁诺布尔城作为新的国都。

阿提拉写信给萨奥都涅斯，让他立即释放被关押在罗马的匈奴人质。

"那些匈奴人明明是为了逃避阿提拉这个暴君，自愿逃到这里寻求保护的！"萨奥都涅斯在罗马议会上怒吼道。

"但是我们必须做出答复。"议员弗拉维尔斯提醒说。

"你了解阿提拉，是吗？"萨奥都涅斯问弗拉维尔斯。

"了解一点儿，和他很难交朋友，特别是对于罗马人来说。"弗拉维尔斯耸了耸肩。

　　"既然你了解他，那就作为我的使臣去见阿提拉吧。"萨奥都涅斯立即做出决定。

　　弗拉维尔斯带领一队人马，从康斯坦丁诺布尔城来到达努比山下阿提拉的营地。他惊讶地发现阿提拉的住所不过是一顶大帐篷。帐篷外面，凶悍的匈奴骑兵聚在一起，怒视着他们这些罗马人。

　　帐篷里铺着华丽的地毯，用人们穿着鲜艳的丝绸衣物，阿提拉穿着和士兵们一样的衣服，坐在一张硬木凳子上。

　　"弗拉维尔斯，我们又见面了。"阿提拉首先开了口。

　　"我们的皇帝给您带来了礼物。"弗拉维尔斯拍了几下手，随从们应声而入，有的捧着金银制的高脚杯，有的托着布匹和毛皮，还有的提着枣、无花果和栗子。

　　"这些东西你们可以送到我们的国都。这里是营房，不是交换外交礼品的地方。退下！"阿提拉对这些东西丝毫不感兴趣。

弗拉维尔斯的脸微微一红，没做任何反驳，因为他是来化解阿提拉对罗马人的敌意的。

阿提拉骑上一匹高头大马，弗拉维尔斯则跟在后面，最后停在一个用帐篷和战车围成的村落前。

"这就是他们的国都吗？"一个罗马人小声问弗拉维尔斯。

弗拉维尔斯也不清楚阿提拉要做什么，眼前的村落看上去很破旧，木栅栏摇摇欲坠。

阿提拉刚一进村，一群姑娘便跑出来迎接，其中两个姑娘还为他撑开了一把白色的伞。

阿提拉挥手示意姑娘们退到一边，在姑娘们的欢呼声中策马跑了一圈。

"我们该吃饭了。"阿提拉转身对弗拉维尔斯说。

"在什么地方吃饭？"弗拉维尔斯四处望了望，疑惑不解地问。

"就在这里。"阿提拉说着一拍手，立刻有人将各种食物端了上来。

阿提拉一边狼吞虎咽，一边招呼一旁惊呆了的弗拉维尔斯赶紧用餐。

就在马鞍上吃？弗拉维尔斯本想问问阿提拉，但转念一想又放弃了。他学着阿提拉的样子，端坐在马鞍上吃喝起来。

吃完饭，阿提拉带着罗马使者离开村落，来到一条小河边。涉水过河后，一座巍峨的宫殿出现在眼前。这是一座中国式的木结构建筑物，坐落在绿草如茵的山丘上。

晚上，阿提拉举行盛大宴会。

弗拉维尔斯和随从进入大厅，看见阿提拉端坐在屋子中央一把简陋的木凳上。

木凳对面摆放着一排座位，阿提拉示意罗马使者们坐到最里面、最偏的位置上。

"这分明是在嘲弄我们！"一个使者不甘忍受羞辱，咬牙切齿地说道。

"他不过是在向我们示威，不要计较这些，先坐下吧。"弗拉维尔斯不动声色。

"他们对待我们就像我们对待奴隶一样。"另一个使者也埋怨起来。

弗拉维尔斯看看摆在面前的金杯、银盘，又看看匈奴人衣服上和剑上镶嵌的闪闪发光的珠宝，最后将目光转向阿提拉。他发现这位匈奴皇帝正用木杯饮酒、木盘吃饭，身上的衣服也极为朴素。

"像他这样忠于民族传统的人，是我们最危险的敌人！"弗拉维尔斯暗想。

宴会进行了几个小时，一群身着彩装的人走了进来。他们引吭高歌，赞颂阿提拉征战南北的丰功伟绩。接着，一个小丑上来表演哑剧和戏法，逗得人们捧腹大笑。只有阿提拉的脸上没有任何表情，他的眼睛一直盯着罗马使者。

突然，阿提拉站了起来，大厅里顿时鸦雀无声，小丑

吓得跌倒在地上。

"罗马人，过来！"阿提拉命令道。

弗拉维尔斯镇定自若地站起身，昂首挺胸，尽量将自己高雅的气质展现出来。

"罗马人，你们带来了这么多礼物，回去想带点儿什么献给你们的皇帝，是我的尸体还是我的脑袋？"阿提拉脸色铁青地喝道。

弗拉维尔斯刚想解释，却被阿提拉阻止了。

"罗马人，你们一直蔑视我的臣民，私下里称我们为野蛮人，自认为是文明人。但是现在，文明人正策划着要谋杀野蛮匈奴人的首领。你们这样做，还指望得到我们热情款待吗？"阿提拉继续说道。

"绝对不可能！"弗拉维尔斯一脸平静地回答说。

"那么，你的消息实在太闭塞了。"阿提拉命令侍卫抓住了弗拉维尔斯身后的一个罗马人。

弗拉维尔斯回头一看，是维吉拉斯。

"维吉拉斯，告诉他，是他弄错了。"弗拉维尔斯抓住维吉拉斯的胳膊说道。

"性命攸关的事，我是从不会弄错的！告诉我，是我弄错了吗？"阿提拉手握宝刀，站在维吉拉斯面前，然后将宝刀放在另一个罗马人的脖子上，不紧不慢地说道。

"不，陛下，您是对的，是有人派我来刺杀您！"维吉拉斯慌忙回答说。

"是谁命令你的？"弗拉维尔斯立即问道。

"克里塞菲尔斯。"维吉拉斯低头回答说。

"大臣克里塞菲尔斯的命令，这非常有趣，是吗，弗拉维尔斯？回去告诉你们的皇帝，作为和平的代价，我要克里塞菲尔斯的人头和黄金。"阿提拉语气强硬。

"如果不答应呢？"弗拉维尔斯试探着问。

"我们将占领罗马，砍掉敌人的脑袋。如果我乐意的话，包括你们皇帝的脑袋。"阿提拉说完就命令罗马使者们立刻离开此地。

弗拉维尔斯带领使者们返回罗马，将事情经过详细报告给皇帝萨奥都涅斯。

"应该将克里塞菲尔斯交给阿提拉，否则罗马将落入匈奴人的手中。"弗拉维尔斯建议道。

"让我考虑考虑。"萨奥都涅斯犹豫不决。

没想到第二天，萨奥都涅斯落马摔死了。康斯坦丁诺布尔城顿时乱作一团，暴徒们趁机在街上行凶，社会秩序混乱不堪。克里塞菲尔斯早就不得人心，被百姓们用石头砸死了。

玛西亚继位，当上了罗马皇帝。他和萨奥都涅斯完全不同，萨奥都涅斯优柔寡断，治国无方，对阿提拉既恨又怕，而玛西亚性格刚烈，军人出身，久经沙场。他认为，只有战争才能制止野蛮的杀戮。

玛西亚迅速恢复城里的秩序，同时拒绝了阿提拉以黄金换取和平的条件。

"罗马用黄金换取和平的时代已经一去不复返，如果阿提拉仍一意孤行，那我们只好在战场上见了。"玛西亚表明了自己的态度。

战争不可避免地爆发了。

阿提拉的军队横扫高卢，势不可挡，攻下了一座又一座城池。但在沙隆的原野上，他的军队却被罗马的埃提尔斯将军击败。在这场具有决定性意义的沙隆大战中，他遇到了真正的对手。

阿提拉在战场上整整巡视了一天。望着遍地将士们的尸体，他十分震惊，这种情况是从未有过的。

"罗马人今夜一定会发起进攻。"望着远处的罗马大营，阿提拉想。

返回大营后，他下令将战车围成一个圆圈。

按照阿提拉的命令，将士们把多年掠夺来的金银珠宝、绸缎衣物、瓷器、镶着钻石和红宝石的土耳其战刀，以及从教堂抢夺来的金十字架都放到圆圈中央。

"如果罗马人攻入大营，你们就杀死自己的女人和孩子，一个都不能落入罗马人之手。还有这些珠宝，都要毁掉!"说完，阿提拉骑上战马，准备与罗马人决一死战。

所有人都做好了战死沙场的准备。然而，出乎意料的是，罗马人当夜并没有发起进攻。

第二天清晨，在罗马人的注视下，阿提拉带着军队撤退了。

临行时，阿提拉勒住战马，向罗马大营望去，只见埃提尔斯将军坐在军营前，一动不动。

两人对视了许久，阿提拉一挥手，掉转马头，消失在远方的地平线上。

以后的三年里，阿提拉带领匈奴人驰骋疆场，四处征战。可是没想到，就在婚礼的当天，他居然死于可怕的疾病。这个人再也不能跃马扬鞭，征服世界了!

弗拉维尔斯受玛西亚皇帝的派遣，前来参加阿提拉的葬礼。他从未见过如此壮观的场面，甚至罗马帝国有史以来也不曾有过。

一项巨大的毛绒帐篷耸立在草原上。帐篷里，阿提拉躺在一张大理石平台上，身着绫罗绸缎，并不是他惯常穿的匈奴传统服饰。

阿提拉的遗体周围堆放着各种奇珍异宝，都是他的战

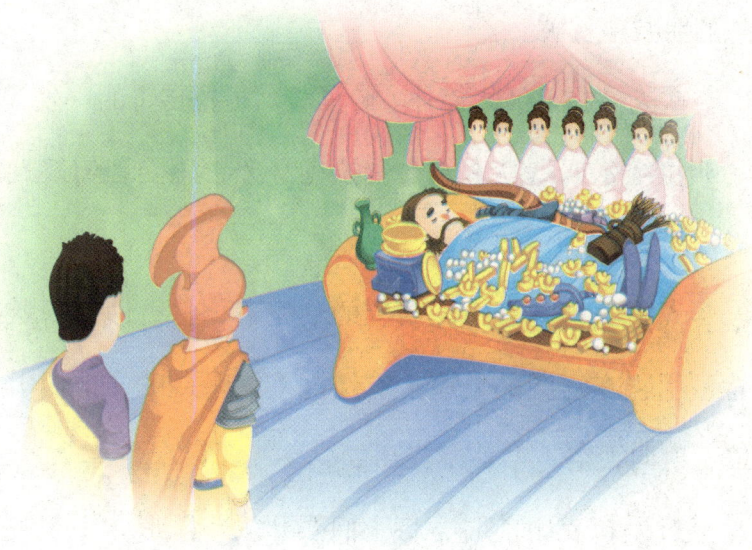

利品，有象征权力的各式宝刀和王冠，还有宗教圣物和黄金。

为了永远怀念阿提拉，人们将他经常使用的弓箭、木杯、木盘也放在了遗体旁。

帐篷外，将士们乘着战车转来转去。

阿提拉的大儿子爱拉克宣布哀悼仪式开始。

匈奴人失去了他们最热爱的英雄，痛不欲生。妇女、儿童放声痛哭，将士们流下滚滚热泪，原野的寂静被撕心裂肺的哭喊声打破。

一些人站在毛绒帐篷外，吟诵着阿提拉传奇的一生。

弗拉维尔斯默默地站在爱拉克身旁，感受着匈奴人对阿提拉的膜拜。

吟诵停止，随着一阵粗犷的呐喊声，将士们纷纷跃上马背，驰骋在辽阔的草原上。经过毛绒帐篷时，他们引弓搭箭，射向天空。

经过爱拉克跟前时，将士们摆开战斗队形，于是整个原野立刻变成了练兵场。尘土在毛绒帐篷周围高高扬起，呛得弗拉维尔斯喘不过气来。

爱拉克不动声色地站在那里，镇定自若。

弗拉维尔斯在爱拉克身旁站了一天，筋疲力尽，又渴又饿。然而，练兵场上的将士们却士气高昂，丝毫看不出疲乏的迹象，喊杀声仿佛为他们增添了无穷的力量。

"太阳快落山了，还要进行多久？"弗拉维尔斯忍不住问道。

"太阳完全落下去的时候。"爱拉克看了一眼太阳，面无表情地回答说。

许久，好像得到命令一样，所有人的脸都转向西沉的太阳。骑士们的喊声渐渐停止，死一样的寂静又重新笼罩了大草原。

"除了阿提拉的贴身侍卫，其他人一律返回自己的战车！"爱拉克命令道。

很快，草原上只剩下一小队人马。

"开挖！"爱拉克下达了新的命令。

"罗马人，请稍等，我想让你见识一下匈奴皇帝是怎么下葬的。"弗拉维尔斯刚想转身离开，爱拉克留住了他。

弗拉维尔斯只好默默地看着将士们挖掘墓穴。

"怎么样，这些都是我父亲的随葬品。"爱拉克掀开大帐的一角，指着地上成堆的财宝炫耀道。

弗拉维尔斯耸了耸肩，没说话。

墓穴挖好了。

侍卫们将阿提拉的遗体轻轻安放在墓穴中央，又把各种随葬品摆放在周围，墓穴很快就被塞满了。爱拉克一声令下，侍卫们开始填土。

弗拉维尔斯实在太累了，想转身离去，没想到又被爱拉克拦住了，让他再停留片刻。

"还有一件事没做。"爱拉克说道。

弗拉维尔斯只好继续站在原地。

弗拉维尔斯有些站不住了，但还是强打精神挺着。

填完土，侍卫们开始无声地围着坟墓骑马转圈，一圈又一圈，弗拉维尔斯看得眼花缭乱。他猜想，这也许是在和阿提拉做最后的告别。

侍卫们勒缰下马，牵马站在坟墓四周。突然，他们举起手中的长矛，刺向了自己的坐骑。

弗拉维尔斯大吃一惊，不由得向前迈了一步，差点儿跌倒，爱拉克一把扶住他的胳膊。

被刺中的战马纷纷倒地，如同雕像环绕在坟墓周围。

接着，侍卫们抽出弯刀，刺向自己的咽喉。

"啊！"弗拉维尔斯不由得尖叫一声。

侍卫们表情平静，追随心目中的英雄阿提拉而去。他们倒在自己的战马旁，手中仍紧紧握着弯刀。

阿提拉的葬礼结束了。

爱拉克站在那里，久久注视着阿提拉的坟墓。

"回去吧，罗马人，回去告诉你们的皇帝，阿提拉的确已经死了。"爱拉克突然转向疲惫不堪的弗拉维尔斯轻声说道。

弗拉维尔斯跌跌撞撞地走过大草原。刚才的一幕，对他的刺激实在太大了。他一副失魂落魄的样子，仿佛做了一场噩梦。

"阿提拉，匈奴人的皇帝，他结束了！"弗拉维尔斯嘴里不停地说着。

达玛寻亲记

    很久以前，有一个名叫达玛的穷小伙子。他每天都要做很多繁重的工作，却只能拿到很少的报酬。这种毫无希望的生活，他早已厌倦了，决定到都城去闯一闯。他带上家里仅有的钱买了一个面包和一片咸肉，然后就出发了。

    太阳火辣辣的，没一会儿他就觉得头晕眼花。他决定到树荫下休息一会儿，走到跟前，却发现一个衣衫褴褛的老乞丐躺在树下。

    老乞丐见到达玛，忽然哽咽起来。

    "老大爷，您为何这么悲伤呀？"达玛问老乞丐。

"年轻人啊，我已经好几天没吃东西了，就要饿死了！"老乞丐哭着说。

"原来是这样。如果您就是因为这个而哭泣，那么我可以帮助您。"达玛把面包和咸肉给了老乞丐。

老乞丐几口就吃掉了面包和咸肉，又想让达玛给他一杯水。达玛一听，立即跑到小溪边打来一杯水送到老乞丐手里。

"年轻人，你真是个好人。不过，我实在走不动了，如果一个人留在这里，晚上准会被野兽吃掉，你能背我去最近的城镇吗？"老乞丐喝完水，对达玛说。

"老大爷，不要害怕，我不会把您一个人留在这里的。"达玛微笑着说。

说完，达玛就背起了老乞丐。老乞丐满脸的皱纹让他想起了去世的父亲，所以他非常同情这个老乞丐。

走着走着，老乞丐忽然从达玛的背上跳下来，问达玛的姓名。

"达玛，父亲总喊我达玛。"达玛回答说。

"哦，达玛！我的体力已经恢复了。为了报答你，请你收下这顶帽子吧！它是有魔力的，如果把它戴在头上，你就会立刻隐身。"说着，老乞丐从头上摘下一顶破帽子递给达玛。

达玛疑惑地看了看手中的帽子，一抬头，发现老乞丐已经不见了。

达玛揣着帽子走了几天，终于来到了都城。他刚走到城门，就看见一大群人正围着宫廷传令官，等待告示发布。

"国王的小女儿正在招亲，凡是有意的年轻男子都可以前去。不过，求婚的人必须为国王完成一件事，那就是看护好小公主的十一位姐姐。十一位公主一到晚上就会消失，第二天才会回来，而且十分疲惫。"宫廷传令官大声说道。

在王宫里，国王非常热情地接待了达玛，还邀请他与公主们一起用餐。

小公主的十一位姐姐见达玛土里土气，便你一言我一语地嘲笑他。面对公主们的嘲笑，达玛没有生气，不卑不亢。

对于达玛，小公主和姐姐们的看法完全不同。她认为达玛谦逊有礼，值得托付终身。而达玛见小公主美丽善良，也深深地爱上了她。

"尊敬的国王陛下，如果我成功了，请您一定遵守诺言，把小公主嫁给我。如果我失败了，就请您把我吊死在王宫里。没有小公主，我生不如死。"达玛诚恳地对国王说。

吃完饭，达玛和十二位公主来到后花园，一直玩到天黑。休息的时间到了，公主们纷纷回到自己的房间。

负责看守公主们的卫士四处寻找达玛，可是找遍了整个王宫，也没见到他的踪影，最后只好报告国王。听说达玛失踪了，国王勃然大怒，命令士兵立刻把他找到绞死。

其实达玛早就在公主们的房间里了。他戴着老乞丐送的隐身帽，坐在房间的角落里，没有被任何人发现。

洗漱完毕，公主们将房门锁好，上床睡觉。

过了一会儿，窗户慢慢地打开了，一只头戴金冠的大蚱蜢跳了进来。已经睡下的十一位公主立刻起身热情地欢迎它。她们好像商量好似的，换上漂亮的舞衣，又带上几件舞衣和几双舞鞋，准备跟着蚱蜢离去。

达玛来到熟睡的小公主身旁，轻轻将她摇醒。小公主望着姐姐们和戴着金冠的蚱蜢，目瞪口呆。姐姐们见小公主醒了，立刻上前求她，希望她保持沉默，还邀请她一起去仙人国，说那里有她们的爱人。

小公主见姐姐们态度坚决，便同意了。原来金冠蚱蜢是仙人国的国王。金冠蚱蜢在公主们的肩膀上涂了一些药膏，她们的肩膀立刻长出了一对巨大的白色翅膀。公主们随金冠蚱蜢从窗户飞出去，在夜空中越飞越高。达玛则紧紧跟随着。

他们飞过高山、旷野、溪谷，飞过河流、湖泊、海洋，最后在一片闪着金光的森林里降落。森林旁有一口水井，井台上摆着十二个闪着金光的水杯，里面装满了清澈的井水。公主们拿起杯子，一饮而尽。

蚱蜢带着公主们转身离开，达玛则将十二个水杯收起，从树上咔嚓一下折下一根树枝。蚱蜢和公主们急忙回头，但什么也没有看见。

蚱蜢带着公主们继续往前飞，在另一片森林里降落。森林旁也有一口水井，井台上放着十二个银杯，里面同样装满了清凉的井水。公主们又端起银杯把水喝了下去。

和上次一样，达玛将十二个银杯收起，又折下一根树枝。蚱蜢和公主们还是什么也没发现。

公主们继续跟着蚱蜢飞行，来到一个大海岛。海岛上有一片森林，公主们在这里喝下了十二个铜杯盛的水。达玛再次将铜杯收好，再次咔嚓一下折下一根树枝。

"一定有人跟着我们，我们还是赶紧回去吧！"小公主对姐姐们说。

姐姐们纷纷嘲笑小公主胆子小，还说下次不带她来了。公主们和金冠蚱蜢来到一座蓝色的大山上。蚱蜢拿出一根金棒轻轻一挥，她们面前立刻出现了一扇门。

走进门，达玛和小公主立刻被眼前这座装饰华丽的宫殿惊呆了。墙壁和天花板镶嵌着猫眼石和蓝宝石，而家具则是黄金制作的，上面镶嵌着无数闪闪发光的钻石。灯火通明的大厅铺着金银丝线织成的地毯，到处摆放着奇花异草。

公主们走进大厅，美妙的音乐立刻响起。这时，十一只长得跟人一样高大的蚱蜢从大厅的另一端走出来，彬彬有礼地邀请公主们跳舞。十一位公主立刻搂着蚱蜢们跳了起来。

开始时，舞曲的节奏很慢，但随着节奏的加快，跳舞的人仿佛陀螺一样飞速地旋转起来。转啊，转啊，公主们的舞衣被旋转产生的气流撕碎，一片片飞落到地上。但她们毫不在乎，立刻拿出另一件换上。

公主们就这样跳了整整一夜，直到鸡鸣时分才飞回王宫。

第二天一早，达玛摘下隐身帽走进王宫，准备将昨晚的事情报告给国王。可他刚一走进大门，就被卫兵抓了起来。

"你为什么要逃走？"国王气愤地问道。

"仁慈的国王陛下，请您息怒，我已经知道公主们昨晚去哪儿了。"达玛立刻说道。

于是，达玛将事情的详细经过告诉了国王。没想到国王听后哈哈大笑，根本不相信。

"国王陛下，您可以不相信我，但总不能不信任您的小女儿吧。当时她也在场，您可以问问她。"达玛诚恳地回答说。

国王觉得有道理，立刻派人将十二位公主叫了过来。十一位公主面对达玛的质问矢口否认，只有小公主坐在一旁一声不吭，她既不愿意把姐姐们的秘密公开，也不想达玛被父亲绞死。

就在小公主犹豫的时候，国王下达了将达玛绞死的命令。

"请国王陛下息怒，我还有物证。"见事情紧急，达玛从口袋里掏出金杯、银杯和铜杯，以及三根折断的树枝。

姐姐们看见杯子和树枝，惊恐万分，只好承认达玛说的是实情。她们对国王说，那十一只蚱蜢原本是仙人国的王子，因为拒绝硫黄洞女巫女儿的求婚，被女巫变成了现在的样子。

国王听到女儿们出去见的竟然是蚱蜢，立刻恼羞成怒，下令把她们囚禁在高塔之中，防止再被蚱蜢带走。

真相终于大白了。国王非常感激达玛，将小公主交给达玛，同意了他们的婚事。

达玛非常高兴，拉着小公主的手，心里甜滋滋的。可就在这时，金冠蚱蜢再次出现了。

"为了得到小公主，难道就可以断送她十一个姐姐的幸福吗？你是个卑鄙小人，没有资格得到小公主！你出卖的公主可都是我儿子们的未婚妻呀！"金冠蚱蜢愤怒地指责达玛，然后带着小公主飞出了王宫。

国王和达玛陷入了极度悲伤之中。达玛告诉国王，他决定去寻找小公主，还发誓说，如果不把小公主平安带回，他就绝不回来。

就这样，达玛背着行囊出发了。凭着记忆，他走啊走啊，不知道走了多久，但就是找不到仙人国的位置。他有些绝望了。

一天，达玛正在赶路，忽然觉得有人拍了他一下，回头一看，原来是那个老乞丐。

"孩子，我已经知道了你的遭遇，你不要绝望，我一定会帮助你的。"老乞丐对达玛说。

听了老乞丐的话，达玛激动万分。

"我知道你想去仙人国找小公主，但那些蚱蜢是不会轻易把小公主交给你的。现在只有一个办法，就是把他们从女巫的魔法中解救出来。我会变成一匹马，带你去女巫的硫黄洞，遇事一定要听我的。"老乞丐交代达玛说。

说完，老乞丐变成了一匹马。达玛跨上马背，按照老乞丐的吩咐闭上眼睛。他感觉自己飞了起来，耳畔风声呼啸。当老乞丐让他睁开眼睛的时候，他发现来到了一片无边无际的大沙漠。

又走了一会儿，一个巨大的硫黄洞出现在他们眼前。洞口坐着一个又老又丑的女人，头发已经掉光，两只耳朵仿佛蝙蝠的翅膀不停地扇动。

女人见到从马背上跳下来的达玛，立刻尖叫起来。

"尊敬的女巫，我到这里来是想拜您为师，为您服务。"达玛恭敬地说道。

"那可太好了，我正需要像你这样的聪明人。来吧，我们签个协议。"女巫说完带着达玛走进硫黄洞。

走进硫黄洞，达玛立刻被眼前的景象惊呆了。他发现自己被一群爬行动物包围了。女巫说这是她的十一个女儿和饲养的宠物。

她的十一个女儿个个青面獠牙，瞪着大眼睛望着达玛，好像要冲过来把他吃掉。

"这里三天就算一年，不过在这三天里，你必须完成我吩咐的一切事情。做得好，可以从我这儿得到一件你喜欢的东西；做得不好，你就准备给我的女儿们当晚餐吧。"签署协议前，女巫告诉达玛说。

"马上去给我的火龙找些食物来。记住，你必须在太阳落山前回来。你可千万别有逃跑的打算，就算你跑到世界上任何一个角落，我都能把你抓回来。"签完协议，女巫又

对达玛说。

达玛走出山洞，见到老乞丐，将女巫说的话告诉他，然后跨上马背。

老乞丐带着达玛来到火河岸边。火河里流淌的不是水，而是熊熊烈火。

"对岸有一群马，是属于红国王的。你现在悄悄地去火河里洗澡，这样马就不会攻击你了，反而会让你去挤它们的奶。你把奶倒进火河，这些奶就会变成奶酪，就是火龙的食物。一定要小心，红国王看守得很严。"老乞丐对达玛说。

面对熊熊烈火，达玛虽然心里害怕，但一想到小公主，还是毅然决然地跳进了火河。他迅速挤满一桶马奶，转身往河边跑。正在这时，红国王发现了他，向他射了一箭。箭贴着达玛的耳边呼啸而过。达玛稳定了一下情绪，将马奶倒入火河，然后拿着奶酪安全返回。

太阳就要落山了，女巫在硫黄洞前支起一口大锅，准备将达玛当晚餐。看见达玛捧着一大块奶酪走来，她惊讶地瞪大了眼睛，连话都说不出来了。

第二天一早，女巫又给达玛下达了新的任务，那就是给火龙找些饮料。

达玛走出硫黄洞，如实告诉老乞丐。

老乞丐把达玛带到一处泉水旁。

"火龙的饮料在一个山洞里，是掺杂了毒药的滚烫铅水。守卫山洞的是一个力大无比的揉铁人。这泉水是强壮泉，你尽可能多喝，这样才有力气打败揉铁人。"老乞丐叮嘱达玛。

喝了第一口水，达玛顿觉力气大增，于是又连喝了好几口。老乞丐觉得已经足够了，便驮着他来到揉铁人守卫的山洞前。

此时，揉铁人正坐在山洞前像揉面团一样揉着一个铁块，见达玛骑马过来，立即摆出战斗的姿势。

"我不想跟你作对，只想讨一桶铅水。"达玛态度温和地说。

"讨铅水得先过我这一关！"揉铁人说着冲向达玛。两人你一拳我一脚地厮打起来，最终，达玛把揉铁人打翻在地，进入山洞。他打了满满一桶铅水，并在太阳落山前赶回了硫黄洞。

见达玛又完成了任务，女巫觉得很不可思议。

第三天，女巫命令达玛把对面的大山装进背包给她带回来。

听了女巫的话，达玛立刻呆住了，一座山怎么能装进背包里呢。

这次，老乞丐将达玛带到一棵魔树下，折下魔树上第七十七根树枝，然后将达玛驮到硫黄洞对面大山的山顶上。

"你手里的魔枝，可以将大山变成任何你想要的东西，然后放进你的背包。"老乞丐说道。

"我要大山变成一块金刚石。"达玛拿着魔枝，指着大山说道。话音刚落，大山立刻消失了，而达玛的手里多了一块闪闪发光的金刚石。他兴高采烈地将它装进背包。

"把这颗金刚石交给女巫，就意味协议完成了。她会让你在宝库里挑选一件宝贝，你就选挂在硫黄洞顶的那把锈蚀的铜剑。那是一把魔剑，得到它的人只要说一声'杀吧，我的铜剑'，除了女巫外，硫黄洞所有的生灵都会被这把魔剑杀死。"老乞丐告诉达玛。

"为什么杀不死女巫？"达玛觉得奇怪。

"女巫的魂没在身上，她把它藏在了一个非常隐秘的地方，只有她的大女儿知道。"老乞丐回答说。

老乞丐将达玛驮回硫黄洞口。

"以后我不能继续帮你了，你要处处小心。女巫的大女儿会爱上你，强迫你跟她结婚。你可以从她口中问出女巫的魂藏在哪儿。你一定要随机应变，还要信任那把魔剑。"老乞丐说完就消失了。

走进硫黄洞，达玛从背包里拿出金刚石交给女巫。

"既然你的任务都完成了，我也自然会兑现承诺，跟我到宝库去挑选一件你喜爱的东西吧。"女巫高兴地收起金刚石说。

女巫领达玛来到宝库，准备送他金银财宝。

"我什么也不要，就要这把剑。"达玛望着洞顶那把锈蚀的铜剑说。

"没问题，但我有个要求，我的大女儿爱上了你，想跟你结婚。"女巫嘿嘿笑了几声。

为了得到铜剑，达玛爽快地答应了婚事。女巫非常高兴，立刻将铜剑交给了他。

来到洞中，达玛表示有话想单独对大女儿说。大女儿一听，得意忘形地挥起皮鞭把动物和妹妹们都赶了出去。

"美丽的姑娘，你到底是不是真心爱我？如果不是，那我肯定会伤心地死去。"达玛问道。

"亲爱的，我怎么样你才能相信呢？"女巫的大女儿动情地说。

"如果你真心爱我，就把你母亲最大的秘密告诉我。"
达玛说道。

"好吧。我母亲最大的秘密就是她的魂和巫术都隐藏在
火龙体中。那条火龙每天都会去火河里洗澡。火龙的体内
藏着一头金牛，如果火龙死了，它的力量就会转移到金牛

身上。金牛的体内藏着一只老虎，如果金牛死了，力量就会转移到老虎身上。而老虎的体内藏着一只猫头鹰，猫头鹰的体内藏着一只青蛙，青蛙的体内藏着一个小盒子，里面装着两只小虫子，一只是我母亲的魂，一只是我母亲的巫术。"大女儿将母亲的秘密如实告诉了达玛。

听了女巫大女儿的话，达玛非常高兴。

"谢谢你，我的爱人，谢谢你对我的信任。我太累了，想出去呼吸一下新鲜空气。"达玛说完离开硫黄洞，飞快地向火河跑去。

赶到火河，火龙正在河里洗澡。

"小东西，你来得正好，就给我当食物吧！"看见达玛，火龙立刻咆哮起来，然后张开血盆大口向达玛扑过来。

"杀吧，我的铜剑！"达玛抽出铜剑喊道。

生锈的铜剑闪电般从达玛手中飞出，顷刻间将火龙劈成碎片。

火龙在一片寒光中倒下了。

突然，从燃烧的火龙体内蹿出一头金牛。金牛并没有跟达玛决斗，反而掉头就跑。

"杀吧，我的铜剑！"达玛再次高声呼喊。

金牛挣扎了一会儿，又在一片寒光中倒地毙命。接下来果然和女巫大女儿说的一样，老虎、猫头鹰、青蛙接连出现，但都被魔剑杀死了。

达玛从青蛙体内取出一个精致的盒子。他打开盒子，发现里面果然有一黑一绿两只小虫子。他把两只小虫用绳子拴好，拎着回到硫黄洞。

女巫见达玛拎着自己的魂和巫术，立刻跪下来求饶，并向达玛发誓，永远听从他的指挥。

"你立刻把仙人国的城堡还原，并解除蚱蜢身上的魔法。"达玛命令女巫。

"我很愿意听从您的吩咐。"女巫按达玛说的立刻执行。

眨眼工夫，远远的海面上便升起了一座金碧辉煌的城堡，王子们在城堡上面正向达玛招手。

"尊敬的主人，我已经按照您的吩咐做了，请您放了那两只小虫子吧。"女巫哀求道。

"这两只虫子哪只是你的魂，哪只是你的巫术？"达玛问道。

"黑色的是我的魂，绿色的是我的巫术。两者缺一不可，如果没有了绿虫子，我活着还有什么意思呢。"女巫声音颤抖。

"你心肠歹毒，作恶多端，巫术对你来说就是害人的工具。不过，我可以留你一条性命。"达玛说完将绿虫子碾死，把黑虫子丢给女巫。

达玛离开硫黄洞，迫不及待地来到仙人国城堡。达玛和小公主久别重逢，喜不自胜。仙人国的王子们恢复人形之后，决定跟随达玛和小公主一起返回王宫。

小公主返回王宫，向父亲说明了一切。国王非常高兴，立刻摆宴庆贺，为十二位公主举办婚礼。婚礼结束后，仙人国的王子们带着自己的新娘走了，而老国王想到自己年事已高，便将王位传给了达玛。

卖盐的小女孩儿

很久以前有一个国王，不仅欺压百姓，对待亲戚马诺也同样凶狠残忍。马诺念及亲情，从来都不计较。

国王有七个儿子，觉得特别骄傲。马诺家里很穷，养了七个女儿，有时连吃饭的钱都没有。国王不仅不帮助马诺，还经常嘲笑他没有儿子。

国王规定，马诺必须每天到王宫向他请安。

一天，马诺家里实在揭不开锅了，便叫大女儿去见国王。

"你见了国王，就对他说，父亲生病了，今天不能来请安了，然后请他赏赐给我们一点儿食物。"马诺嘱咐大女儿道。

"父亲，不要去求他!"大女儿摇头拒绝。

马诺又让二女儿去，二女儿也不去。没有法子，他只好蹲在地上发愁。

"父亲，还是我去吧。"三女儿说。

三女儿见到国王，将父亲教的话说了一遍。

"那你到仓库去取点儿粮食吧。"国王一副高高在上的样子。

三女儿刚要转身去仓库，衣服被风刮了起来。

"真不知羞耻，快把身体遮起来。"国王脸上挂着一丝鄙夷的神色。

受到国王的羞辱，姑娘没去仓库，而是哭着跑回了家。

"父亲，别再和那种人来往了。没有他我们也能活，上帝会保佑我们的。"三女儿对父亲说。

一天，马诺像往常一样去问候国王。

"明天来的时候给我带一种水，既不能是井水，也不能是河水或雨水，否则我就砍下你的头。"国王对马诺说。

马诺愁眉苦脸地回到家，小女儿法特玛问明事情经过，说这件事她能办到。她先在屋子里生起火，然后让母亲和姐姐们洗完澡进屋待着。

屋子里很热，母亲和姐姐们汗如雨下。法特玛把她们的汗水装进皮囊，让父亲明日送进王宫。

第二天，马诺将装满汗水的皮囊交给国王，并详细说明了水的来源。国王不得不承认马诺很好地解决了问题，但他还是不甘心。

"你明日再给我弄些奶来，既不能是动物的奶，也不能是人的奶，否则我就砍下你的头。"国王又刁难马诺。

马诺再次愁眉苦脸地回到家。

"父亲，您又为什么事发愁啊？"法特玛很奇怪。

马诺将事情讲了一遍，深深叹了一口气。

"父亲，别发愁，这事儿好办。"法特玛安慰父亲道。

法特玛拿着皮囊，和姐姐们去树林里找到一棵椰枣树。她把树皮割开，将椰枣树流出来的白色汁液装进了皮囊。

回到家，法特玛将皮囊递给父亲。

"国王肯定还会为难您。不如这样，您把皮囊交给国王时，就当着大臣们的面问他，究竟养女儿好，还是养儿子好。他肯定说养儿子好，然后您就和他打赌。让他派出一个儿子，然后给我们相同的钱去做买卖，如果他儿子赚钱多，就砍下您的脑袋，如果我赚钱多，就请他以后不要再刁难我们了。"法特玛嘱咐父亲。

第二天，马诺将皮囊交给国王。国王让仆人拿来一个杯子，把皮囊里的东西倒出来。看着流出来的白色椰枣汁，国王只好再次认输。

马诺担心国王再次为难他，赶紧当着大臣们的面询问国王究竟是养女儿好，还是养儿子好。

大臣们震惊了，国王最骄傲的就是他七个儿子，马诺怎么敢拿这个开玩笑呢。

没想到，国王听了这话，一点儿也没生气。

"你的七个女儿加在一起也不如我儿子的一根手指。"国王的脸上露出鄙夷的神情。

"既然这样，那就请您把最勇敢的大儿子带来，我把最小的女儿带来，然后给他们相同的钱去做买卖……"马诺将小女儿交代的话原原本本讲了一遍。

国王表示同意。

第二天，国王的大儿子鲁达和马诺的小女儿法特玛骑马出发了。

"嘿，法特玛。"途中，鲁达叫了一声。

"从现在起，不要再叫我法特玛。"法特玛挥了挥拳头。

"那叫你什么呢？"鲁达问道。

"叫我'聪明的哈桑'。"法特玛回答说。

他们来到一个岔路口。这里有两条路，一条叫"安全之路"，另一条叫"危险之路"。

"你先选吧。"法特玛说。

"我当然选择安全之路啦。"鲁达想都没想就做出了选择。

法特玛顺着"危险之路"来到一个遥远的王国——维尼。住下后，法特玛立刻去市场打听行情。

经过几天的考察，法特玛决定经营食盐。她在闹市区租了一间店铺，然后女扮男装，自称"聪明的哈桑"，开始做起食盐生意来。

一天，维尼国王和王子苏特微服出行，与哈桑不期而遇，便开始聊起来。

"苏特，你们年龄相仿，人家哈桑多会做生意，你就留在这儿学点儿手艺吧。"国王劝儿子说。

从此，苏特便和哈桑生活在了一起。

不久，苏特心里就产生了疑问，总觉得哈桑像个姑娘。回到王宫，他把此事告诉了母亲。

"孩子，没有哪个姑娘能克服如此困难，把生意做得这么好。哈桑肯定是个男人，一个勇敢的小伙子。"王后说出了自己的看法。

苏特想了一会儿，仍坚持说哈桑像个姑娘。

"那么，我们就试验一下吧。"王后想出了一个主意。

"怎么试?"苏特赶紧问母亲。

"走的时候，你带一些枣子回去。吃枣子时，如果把枣核扔到脚下，那就说明哈桑是个姑娘，要是将枣核扔得很远，那就说明是个男人。"王后告诉儿子。

苏特带着枣子回到店铺，哈桑随手拿起一颗，使劲掰开，然后将枣核扔了出去。

苏特回到王宫，将详细情形告诉了母亲。

"那么，哈桑一定是个男人。"王后判断说。

"母亲，哈桑的脸蛋怎么看都像个姑娘。"苏特还是坚持自己的看法。

"那你就请哈桑去打猎。如果有所收获，那就说明哈桑是个男人，要是两手空空，那就说明是个姑娘。"王后又出了一个主意。

一天，苏特约哈桑出去打猎。其实，哈桑早就知道苏特起了疑心，在考验她。打猎，哈桑一点儿也不陌生，以前在家时就常陪父亲出去打猎。

他们来到森林，哈桑发现远处有一头野猪，便策马扬

鞭追了上去，不一会儿就生擒了野猪。而苏特连只兔子也
没有打着。

"孩子，哈桑确实是个男人，而且是个非常勇敢的男
人。"王后对苏特说。

"母亲，我心里就是不舒服。"哈桑固执地说。

"如果你还不相信，我这儿还有一个办法。你约哈桑一
起去吃饭。如果低着头看着地面，那就说明哈桑是个姑
娘，要是两眼盯着你聊天，那哈桑就是个男人。"王后出了
第三个主意。

中午，苏特约哈桑一起吃饭。吃饭时，哈桑边吃边盯
着苏特，嘴里还滔滔不绝，说自己最喜欢吃大块肉，啃骨
头。

王后听说后，再次下了断言：哈桑是个男子。

"哈桑的脸蛋像个姑娘，我看了心里不舒服。"苏特还
是这一句话。

"那你请哈桑去后花园，爬那棵高大的椰枣树。如果能

爬上树梢，那就说明哈桑是个男人，要是爬不上去，那就说明是个姑娘。"王后又为儿子出了个主意。

苏特按照母亲的吩咐，约哈桑第二天去后花园游玩。

"后花园非常漂亮，有五颜六色的花儿，还有很多参天大树。你会爬树吗?"苏特试探哈桑。

"当然会，而且还是个爬树高手，在家的时候经常爬。"哈桑吹嘘道。

行前，哈桑将一把小刀偷偷藏在衣袖里。

他们来到后花园。

"这棵树，你能爬上去吗?"苏特指着一棵高大的椰枣树问。

哦，树可真高啊！可是既然已经说了，哈桑只好硬着头皮往上爬。爬到一半，哈桑就没劲儿了，于是掏出小刀在腿上划了一下。

"不行啦，树枝划破了我的腿，只好下次再爬啦。"哈桑装出一副不甘心的样子。

苏特非常着急，想为哈桑包扎伤口。

"这点儿伤算什么，堂堂男子汉怎么能被鲜血吓倒呢？"哈桑装得满不在乎。

见到母亲，苏特将事情原原本本说了一遍。

"孩子，我早说过了，哈桑是个男人。"王后有些不耐烦了。

"母亲，哈桑的脸蛋像个姑娘，看了心里就不舒服。"苏特仍不死心。

"那你就约哈桑去逛市场，如果喜欢男人的东西，那就说明哈桑是个男人，要是喜欢女人的东西，那就说明是个姑娘。"看到儿子沮丧的样子，王后又起了恻隐之心。

苏特和哈桑一起来到市场。苏特指着一件漂亮的上衣，怂恿哈桑买一件。

"不，我更想要一把剑。"说完，哈桑真的买了一把剑。

尽管苏特一再诱导，哈桑还是买回了一堆男人用品。

苏特垂头丧气地去见母亲，说明了事情经过。

"孩子，你现在总该相信哈桑是个男人了吧。"王后无可奈何地说。

"母亲，哈桑的脸蛋就像个姑娘。"苏特仍不改自己的判断。

"其实还有一个办法，你可以约哈桑一起去按摩。只要哈桑袒露了身体，按摩女就会看出来。"王后只好又给儿子出了个主意。

苏特和哈桑一起来到按摩院。苏特吩咐按摩女先给哈桑按摩。

哈桑也不推辞，按摩前背着苏特找到一个男人。

"先生，我不是本地人，不习惯在别人面前脱衣服，但是我的朋友非要请我按摩。您能否替我去按摩，但要低着头，不说话。事成之后，我一定会重谢您。"哈桑请求道。

男人觉得既可以免费按摩，又能赚到钱，便爽快地答应了。按摩结束后，男人走出屋子，换回了哈桑。事后，

苏特找到按摩女，问哈桑是男是女。按摩女根本不知道其中的缘由，坚称哈桑是个男人。苏特进屋时，哈桑正在穿衣服。

苏特回到王宫，垂头丧气地将事情经过详细告诉了母亲，脸色十分难看。

"我不是说了吗，哈桑就是个男人！"王后无奈地摇了摇头。

"母亲，你不懂我的心情。"苏特很伤心。

"假如你还不相信，那就最后再做一次试验吧。你约哈桑去河里洗澡，是男是女你一看就一目了然了。"王后已经无计可施了。

苏特觉得这是个好办法，连忙回到店铺里约哈桑去河里洗澡。

哈桑有些慌了，但别无选择，只好硬着头皮答应了。

"上帝啊，请您保佑我渡过难关，不暴露身份。"哈桑在心里默默祈祷着。

快到河边的时候，苏特和哈桑遇见了一支送嫁队伍。女人们又唱又跳，场面十分热闹，苏特看得入了迷。哈桑趁机迅速进河洗澡，待苏特来到河边时，一切已经晚了。

苏特十分懊恼，求哈桑再陪他洗一次。

"再洗会生病的。"哈桑一边穿衣服一边打着喷嚏。

苏特只好自己下河洗澡。回到王宫，他惋惜地告诉母亲，他没有抓住机会。

"孩子，哈桑真的是个男人，你必须相信。"王后苦口婆心地劝导儿子。

哈桑的盐业生意越做越大，积攒了一大笔财富。只可惜当初约定的日期就要到了，哈桑只好离开此地。她采购了一批紧俏的货物，准备沿途贩卖，还买了马队和奴仆。

离开那天，哈桑兴致大发，在床上留下一张纸条，上面写着：

哈桑本是女儿身，

不堪压迫出了门。

如今赚钱归故里，

谁说女子不如男？

哈桑在朋友们依依不舍的目光中出发了。

自从哈桑走后，苏特整日闷闷不乐。一天，苏特来到哈桑住过的房间，发现了哈桑留下的纸条。他欣喜若狂，拿着纸条跑到母亲面前。

"母亲，哈桑真的是个姑娘，太好了！我要去追她，向她求婚。母亲，我太高兴了！"苏特眉飞色舞、手舞足蹈。

"孩子，我知道你很高兴，不过也不急于一时呀。现在哈桑还没有到家，等她回到家，你再去向她求婚也不迟啊。"王后温柔地望着儿子。

和法特玛分别后，鲁达沿着"安全之路"来到一座繁华的城市。这座城市很美，房屋洁白整齐，道路平坦宽敞，道旁绿树成荫。

鲁达非常喜欢这里，庆幸自己挑选了这条"安全之路"。

他找了间豪华的房子住下来。这里太好了，没有父亲的管束，终于可以想干什么就干什么了！至于做生意嘛，慢慢找机会吧。

鲁达在城里转了几天，觉得什么生意都不好做，大生意本钱不够，小生意他又看不上眼。

一天，鲁达闲着没事去赌场，发觉赌博来钱快，于是便天天往赌场跑。刚开始，他派头十足，身后跟着一帮仆人。听说鲁达是一个王子，赌场老板开始有意让他赢了很多钱。

鲁达挥金如土，不久就把带来的钱全输光了，而且还欠下了一大笔债。

"前些日子运气还特别好，怎么现在就不行了呢?"鲁达觉得很奇怪。

"哈哈，我来告诉你吧，刚开始是故意给你点儿甜头，要不怎么留住你呢。谁有钱，我们就招待谁，没钱就得滚蛋。不过你的债是一定要还的。"赌场老板发出一阵大笑。

鲁达彻底傻眼了，如今身无分文，不仅没有住的地方，连吃饭都成了问题。

他漫无目的地在街上走着，看到一家饭馆生意兴隆，便走了进去。

"老板，您这里需要人手吗?"鲁达问道。

"你会干什么活?"老板上下打量着鲁达。

"我什么都不会干，就给您当伙计吧。不过，您可不可以预付我几年的工钱?"鲁达小心翼翼地问。

老板算了算，觉得没几个钱，便答应了他的请求。

乔装成哈桑的法特玛，回家途中正好路过鲁达所在的城市。她将带来的货物在当地销售，又赚了一笔钱。

临近中午，法特玛领着仆人们进了一家饭馆。她对仆人特别好，点了一大桌子饭菜。

这家饭馆正好是鲁达干活的地方。此时，他正忙得团团转，一会儿结账，一会儿上菜。

法特玛一眼就看到了鲁达，但鲁达显然没有认出女扮男装的她。

饭后，法特玛叫来了老板，说想把鲁达带走。

"他预支了一大笔钱，我可不能让他走，除非把钱还清。"饭馆老板不肯轻易放走鲁达。

鲁达怔怔地站着，不敢相信自己的耳朵。

"我是法特玛，'聪明的哈桑'呀！"法特玛摘下帽子笑着对鲁达说。

鲁达如梦初醒，瞪大眼睛看着眼前这个英俊的小伙子。法特玛替鲁达还清债务，和他一起踏上了回家的路。

一路上，他们又经过了几个城市。每到一地，法特玛就吩咐仆人们把货物拿到市场上销售，然后采购一些当地的土特产品。

在鲁达的眼里，好像就没有法特玛办不成的事情。那些繁杂的生意，法特玛处理起来特别容易。看着发光的钱币源源不断地进了法特玛的口袋，鲁达感到非常困惑。

终于回到家乡了。法特玛让仆人和马队紧跟在鲁达的后面，等到王宫之后再去找她，她自己则远远地跟在后面。

"国王，大王子回来了，还带着一支马队和成群的仆人，神气极了。"守卫赶紧向国王报告。

国王欣喜若狂，命令打开城门迎接。

"哈哈，我就说嘛，七个女儿加在一起也比不上我儿子的一根手指。"国王放声大笑起来。

马诺以为法特玛输了，伤心地哭起来。

"真是叫国王说对了，七个女儿加在一起也比不上他儿子的一根手指。这下完了，我要被砍头了。"马诺哭诉道。

全家人都很伤心，抱在一起痛哭。哭了一会儿，马诺平静下来，小女儿走这么久终于回来了，应该高兴才对。只要全家人在一起，就没有什么可怕的！

快到王宫了，法特玛让鲁达下马回去，然后掉转马头，带着仆人和满载货物的马队回家。

马诺蹲在门前翘首以盼，一匹骏马飞奔而来。

"父亲，是我，法特玛！您的女儿像男人一样能干，难道您不高兴吗？"法特玛紧紧抓住父亲的手。

这是真的吗？马诺简直不敢相信自己的耳朵，妻子和六个女儿也惊呆了。

法特玛轻轻抱住母亲和姐姐们。

"我们有钱了，再也不是穷人了！"母亲和姐姐们欢呼着。

回到王宫，鲁达垂头丧气地向父亲走去，说出了事实真相。国王又气又恼，晕了过去，不久就去世了。鲁达作为长子，继承了王位。

当上国王后，鲁达找到马诺。

"一切仇恨都让它烟消云散吧，今后我们两家要和睦相处。您有七个女儿，而我们正好兄弟七个，应该结成亲家。我非常喜欢法特玛，想娶她为妻。"鲁达表达了自己的意愿。

马诺回到家里，对七个女儿说了鲁达的想法。

法特玛坚决反对，提醒父亲不要忘了以前受到的各种侮辱和刁难。

"假如我输了，他会放过您、宽恕我们吗？我们不依靠他，也能过得很好！"法特玛说服父亲谢绝了鲁达的好意。

有了钱，马诺新盖了一幢大房子，女儿们也打扮得跟花儿一样，再也没人叫他穷光蛋了。

苏特王子估计哈桑已经到了家，便立即动身了。每到一个地方，他就向人打听"聪明的哈桑"的家住在哪里。一路上，他听说了很多有关哈桑的事情，更加坚定了寻找哈桑的信心。

这天，苏特来到法特玛的家乡，终于打听到了她的下落，来到一幢大房子前。

"这是哈桑的家吗?"他向一个仆人打听。

"是的。"仆人回答说。

在仆人的带领下，苏特进了屋。

这时，法特玛正穿着华丽的服装参加一个朋友的婚礼，听说苏特来了，便匆匆赶回家。她脱下衣裙，换上男装，却忘了摘下耳环。

见到法特玛，苏特开玩笑地问道："哈桑，你们王国的男人都戴耳环吗?"

法特玛抬手一摸，发觉了自己的疏忽，马上羞红了脸。

"我是苏特王子。哈桑在外地做生意时，一直和我生活在一起。我非常喜欢她，希望您能允许我娶她为妻。"苏特恭恭敬敬地请求马诺。

见小女儿也对王子有意，马诺便痛快地答应了这门婚事。

从此，苏特和法特玛便一直幸福地生活在一起。

愚蠢的魔鬼

从前，有一个国王，非常富有，拥有大片土地。唯一遗憾的是，王后没有给他生育儿女。

"要是有一天我死了，连个继承人都没有，这么大的一个王国岂不是要灭亡了吗？"为了此事，国王经常愁眉苦脸。

这天，王国里来了一个魔鬼，长相凶恶，听说了国王的烦心事。他摇身一变，化作一个白胡子老头求见国王。

见到国王，他并没有像其他人那样行跪拜礼，因此引起了国王强烈的好奇心。

"我有一颗智慧的头脑和一双妙手，能帮助您完成任何事情。"魔鬼趾高气扬地说。

"真的吗？我凭什么相信你？"国王反问道。

"没有这个本事，我是不会来见您的。我这里有一种药，只要给尊贵的王后吃下去，她就一定能生下孩子。这药珍贵无比，不是一般人能配成的。不过，如果我真的帮您实现了愿望，您要如何感谢我呢？"魔鬼盯着国王。

"我……我把一半财产送给你！"国王一下子从宝座上站了起来。

"不不不，我不要！"魔鬼拒绝得很干脆。

"怎么，嫌少？那就再加几座城镇，这回总该行了吧！"国王说话的时候，手有些抖。

但是魔鬼站在那里还是摇头摆手。

国王有些紧张，为了掩饰慌乱的情绪，他背着手，走到窗前，似乎在等魔鬼自己开口。为了得到孩子，他已经准备放弃一些东西了，只是不知道对方会开出什么样的苛刻条件，心里有些不安。

大殿里一时安静了下来。过了一会儿，魔鬼开口了。

"唉，女人太麻烦，所以我不想结婚，但是我又想要一个孩子。陛下，我测算出您这一生不止会生两个孩子，到时候请送给我一个行吗？我一定会把他当作亲生的一样，请相信我。"魔鬼尽量让自己看起来真诚可信。

国王沉思了一会儿，无奈地答应了。

魔鬼见目的达到，就给了国王一瓶药水。

按照魔鬼的吩咐，王后喝下了药水。果然，不久王后就怀孕了，而且还连续生下三个男孩儿。

三个孩子慢慢长大，都长成了小伙子，个个英俊潇洒，尤其是小王子。

魔鬼觉得时机已经成熟，于是来到了王宫。

"他们都还小，还没有学会怎么为人处世，再过一段时间好吗？"国王很舍不得自己的儿子。

"那又有什么关系呢？这些东西我可以教他。"魔鬼拍着胸脯信誓旦旦地说。

国王知道此事已经没有商量的余地，命令侍卫将三位王子带到了大殿。

"今天，我就见识一下陛下您是怎么兑现当初的诺言的吧！"说着，魔鬼细细打量着眼前的三位王子。

其实，魔鬼在来王宫之前，早就打听好了三位王子的情况。他毫不犹豫就选择了英俊聪慧的小王子。

回到住处，魔鬼安顿好小王子，然后交给他一把钥匙。

"我要出门一个月，你就在家里待着。这把钥匙给你保管，不过千万不要打开院子里的房间。"魔鬼交代说。

小王子环顾四周，接过钥匙，点了点头。

开始几天，小王子还特别享受这种清闲自在的日子，但是时间久了，他就觉得无聊极了。

带着好奇心，他用钥匙打开了院子里第一个房间的门。

"哇，好多金子呀！"小王子简直不敢相信自己的眼睛。就算是在王宫，他也没有见到过这么多金子。

他拿起一块金子看了看，没想到金子牢牢粘在了他的手指上。

"唉，穷人做梦都想得到金子，而我却极力想弄掉手中的金子，真是太讽刺了。"小王子叹了一口气。

最后，他一用力，将金子连皮带肉一起拽了下来。他赶紧找了一块布简单地包扎了一下。

"你的手怎么了？"魔鬼回到家里，第一时间就发现小王子的手指有些不对劲。

"不小心割破了！"小王子回答说。

魔鬼将信将疑，但也没有深究。几天后，他又出门了。估计魔鬼已经走远，小王子又打开了院子里第二个房间的门。

门刚开了一个小缝，就从里面挤出一堆山羊骨头来。小王子被这突然的一幕吓呆了。

在好奇心的驱使下，小王子又打开了院子里第三个房间的门。这次他有了充分的思想准备，所以看见成堆的绵羊骨头时，并没有先前的恐惧，反而因为自己预料得准而有些得意。

接着，他又依次打开下面几个房间的门。第四个房间里堆满了牛骨头，第五个房间里堆满了毛驴的骨头，第六个房间里堆满了马的骨头，第七个房间里堆满了人的骨头。

"还剩最后一个房间，到底是开还是不开呢？"小王子一时拿不定主意。但是想了一会儿，他还是走向了第八个房间。

第八个房间里是一匹活生生的马。

"你是谁，在这里干什么？"马居然开口说话了，小王子觉得非常新鲜。

"别怕，我不会伤害你的。我不是坏人，是房子主人的客人。主人出远门了，我一个人在家很无聊。瞧，我就是

用这把钥匙开的房门。我们做个朋友好吗?"小王子笑着说道。

马摇着长长的尾巴,驮着小王子在原地转了好几个圈。

突然,它好像如梦初醒:"哎呀,我想起来了,房子的主人是魔鬼变的,坏透了,专吃人和各种动物。你看见那几个房间里的动物骨头了吗? 等他回来,就该吃你和我了。"

"啊，我怎么没看出来呢？那怎么办？我们总得想想办法啊！可是……我跟他无冤无仇，他为什么这么做呢？"小王子焦急地问。

"善良纯真的年轻人啊，你想想看，那些动物和人跟他有深仇大恨吗，不是照样被他吃掉了。魔鬼吃的肉越多，喝的血越多，法力就越强。现在他的法力还没有达到最高，我们必须在这之前除掉他。"马劝慰小王子。

小王子按照马的吩咐，将装满金子的房间打开。马张开大嘴，把那些闪闪发光的金子统统吞了下去。只见马瞬间变得高大起来，显得更加威武了。

看着眼前的骏马，小王子好像什么都不怕了。

"听着，亲爱的朋友，恶魔回来后，一定会告诉你家中要宴请客人。他会让你去砍柴、往炉中添柴，还会让你往锅里倒油，你千万不要做，说不会就行了。对了，他还会在锅上面吊起长长的秋千，让你去荡。"马温柔地说道。

"天哪，有秋千！早就听说过，只是没见过，荡秋千是不是就像小燕子一样自由自在？我要玩儿……"小王子没等马说完话，马上接口道。

"他就是想把你推进油锅里炸，然后吃掉你，这样他就会变得更加厉害。"马叹了一口气。

听马讲述着一切，小王子在心中默默思索对策。

"首先应该装作毫不知情的样子，千万不能让魔鬼知道我已经知晓一切。"小王子心想。

他凑近马的耳朵，悄悄交代了几句，然后将房间恢复了原样。

魔鬼风风火火地回来了，见小王子坐在窗前看风景，屋里的一切都和以前一模一样，疑心顿消。

过了一会儿，魔鬼果真说家里要来贵客，让小王子去山上砍些柴。

"哎呀，我不会做这种事呀！等招待完客人，我再慢慢学好吗？"小王子装作为难的样子。

魔鬼见小王子不像是装的，便自己上山砍柴。

在厨房准备晚餐的时候，魔鬼又让小王子去添柴，但他推脱说不会。接着魔鬼又让小王子把油倒进锅里，还是遭到了拒绝。

魔鬼有些生气了。小王子担心影响稍后的计划，赶紧上前给魔鬼捶背揉肩。过了一会儿，魔鬼温和地让小王子把炉中的柴拨一拨。小王子再次婉言拒绝了。

魔鬼停下手中的活，转了几下眼珠子，抚着下巴，慢慢逼近小王子。

"你见过我们的游戏?"魔鬼诧异地问道。

"游戏，什么游戏? 说给我听听吧!"王子表现得非常兴奋。

"哦，没什么! 我给你做个秋千吧!"魔鬼满脸堆笑。说完，他就动手在屋梁上装了一架秋千。秋千正对下面的油锅。秋千架上缠绕着葡萄藤和牵牛花，红红绿绿的，煞是好看。

"来来来，上去荡一荡吧，可好玩了。荡到这边的时

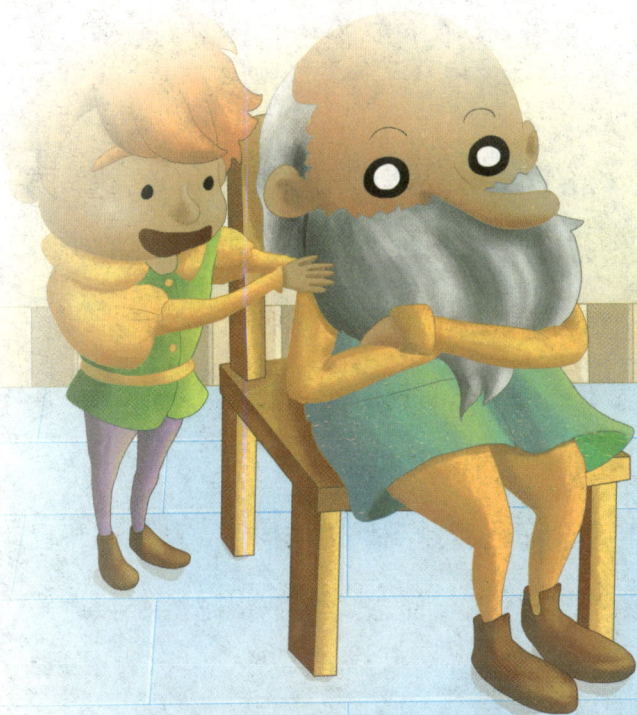

候，可以看到那边村庄的一对新人正举行盛大的婚礼；荡到那边的时候，可以看到一匹母马正在生小马驹儿。"魔鬼热情而又温柔地说。

"真的吗？太好了。我还从来没有荡过秋千呢，快给我演示一下吧。您无所不通，跟您在一起，我真是感到万分荣幸！"说着，小王子向魔鬼深深鞠了一躬。

魔鬼被小王子夸得晕头转向，不自觉地走向秋千。还没等他坐稳，小王子顺势把他推进了油锅。

大功告成！小王子赶紧跑到路边的树下，那匹马早已等在那里。小王子跨马飞奔而去。他翻山越岭，长途跋涉，最后来到了一个小城镇。

他用马带出来的金子买了一幢舒适的大屋，还请了很多仆人。每天，他要么和仆人在菜园子里忙碌，要么去牧场放羊，快活极了。

此地的国王听说有人杀死了魔鬼，而且小城里平白多出了一幢大屋，十分好奇。

　　一天，小王子的大屋来了很多的卫兵，原来是国王派来的使者。

　　"先生，您是什么人，从哪里来？"使者问道。

　　"我只是个普通人，从遥远的地方来，因为我喜欢旅行。"小王子回答说。

　　使者将消息汇报给国王，国王决定明天去见见这个传奇人物。

　　小王子听说国王要来，非常高兴，做了充分的准备。

　　二人见面后，谈得非常投机。小王子将自己杀死魔鬼的经过和这些年的生活说了一遍，国王听后大为赞赏。

　　"我的王宫也十分美丽，你可以去逛一逛。"国王很喜欢眼前的年轻人，向他发出了邀请。

　　"十分感谢陛下的邀请，我一定会去的。"小王子爽快地答应了。

　　小王子如约来到王宫，见到了国王和公主。

　　经过多次交谈，国王发现小王子谈吐非凡，气质优雅，很有贵族风范，而且非常富有，拥有大片的田地和成群的奴仆。

国王十分欣赏小王子的为人，将公主许配给了他，并为他们举办了一个盛大的婚礼。

从此，小王子和公主幸福地生活在一起，而那匹宝马，也一直陪在他们身边。

鳄鱼的眼泪

很久以前，在遥远的马达加斯加岛上，栖息着一只珍珠鸡和一条大鳄鱼。它们是非常要好的朋友，经常在一起玩耍。

珍珠鸡身形圆润，个头不大，脑袋很小，脖子细长，嘴巴尖尖，两腿细高，行走迅速，羽毛灰色，间有圆形斑点。

珍珠鸡时常讲一些有趣的故事给大鳄鱼听。这时，大鳄鱼便眨着小眼睛，挪动着带有盔甲的身体，摇动两下尾巴，央求珍珠鸡再讲一些故事给它听。

珍珠鸡给大鳄鱼讲故事时，一旦看见自己倒映在水面上的影子，便停下来欣赏自己。

"喂，珍珠鸡，别自我陶醉了，快讲故事吧。"大鳄鱼有些不耐烦地对珍珠鸡说。

珍珠鸡给大鳄鱼讲森林里美丽花儿、奇异草儿和参天大树的故事。

"葛藤的汁非常解渴，蔓非常难缠。"珍珠鸡讲得津津有味。

"真的吗，葛藤的汁真的那么解渴吗，难道比河里的水还解渴？"大鳄鱼眨着小眼睛问个不停。

每当珍珠鸡给大鳄鱼讲起水果，大鳄鱼便会眉飞色舞起来。

"这些水果到底是什么味道，下次咱们见面时，你给我带一些来尝尝好吗？"大鳄鱼对珍珠鸡说。

"好吧。"珍珠鸡答应道，然后继续讲水果的故事。

"你能不能换个话题？可不可以讲讲狐猴、野兔、青蛙什么的。"大鳄鱼似乎更愿意听有关动物的故事。

"漂亮的狐猴有着一身丝绒般的皮毛，长长的尾巴卷成环形，成群结队地在树上跳来跳去。它们动作敏捷，哪怕只有一点儿响动，都会在一秒钟之内逃得无影无踪。"珍珠鸡开始讲述关于动物的故事。

"真的吗?"大鳄鱼好奇地问道。

"那当然。我再给你讲讲森林里刺猬、大野猫和其他动物的故事吧。"珍珠鸡回答说。

"刺猬可不好惹，满身是刺儿，常常缩成一团，像个刺儿球。"大鳄鱼摆出无所不知的样子。

"快看，好肥的大野猫啊!"珍珠鸡望着森林突然喊道。

"在哪儿，在哪儿?"大鳄鱼顺着珍珠鸡目光往远处森林中望去。

"鳄鱼就是鳄鱼，本性难改啊。"珍珠鸡暗想。

每次见面，珍珠鸡讲完森林里的故事后，大鳄鱼也会给珍珠鸡讲一些水底下的趣事儿。

"我的窝很深，入口一般藏在树根下或河边的陡坡下，卧室要比入口地势稍高一些。"大鳄鱼说道。

"那是为什么呢?"珍珠鸡有些不解。

"我最亲爱的朋友，只有这样，水才不会把洞灌满，我们就可以长时间地待在里边了。"大鳄鱼回答说。

"原来是这样。"珍珠鸡向大鳄鱼投去佩服的目光。

"我们修筑洞穴，多为储藏食物。冬天，食物缺少，我们就待在洞里睡觉，偶尔才爬到太阳底下晒晒太阳。"鳄鱼接着讲道。

"那你们不觉得寂寞吗?"珍珠鸡意味深长地问道。

"习惯了。我也经常招待乌龟，我们相处得很好。有时乌龟全家会去我那儿住几天。我的洞不大，又不能让它们待在外面，因此它们只好在我的背上睡觉。"大鳄鱼有些难为情。

听了大鳄鱼的话，珍珠鸡似乎有些感动。

"你也来我家做客吧，好不好？"大鳄鱼边说边观察珍珠鸡的反应。

珍珠鸡非常想立刻钻进水里，看看水下世界，但还是抑制住了冲动。

"害鳄之心不可有，防鳄之心不可无啊。"珍珠鸡暗想。

珍珠鸡发现大鳄鱼的表情有些复杂，眼神也有些怪异，而且还带着几分冷酷。

"谢谢您的邀请，等我和孩子们商量后再答复您。"珍珠鸡礼貌地对大鳄鱼说道。

一天，大鳄鱼把分散在各处的孩子们都叫了回来。

"孩子们，陆地上的动物我已经吃得差不多了，只有珍珠鸡还一直没尝过。"大鳄鱼神情严肃地说道。

小鳄鱼们你看看我，我看看你，一头雾水。

"有办法了，我浮在水面上装死，你们去找珍珠鸡。"大鳄鱼低声对小鳄鱼们说道。

"这能行吗?"小鳄鱼们面面相觑。

"一定行,我了解它,它肯定会来的。"大鳄鱼说完胸有成竹地朝河心游去。

小鳄鱼们聚集在河边大哭起来。

"孩子们,你们怎么啦,为什么哭得这么伤心?"听到小鳄鱼们的哭声,珍珠鸡迅速赶来。

"珍珠鸡妈妈,我们的爸爸死了。按照它的遗愿,希望您能去参加葬礼。"一条小鳄鱼哭哭泣泣地说道。

"今天晚上,我们会把爸爸拖到岸边,送它最后一程。它是突然死去的,按照我们家族的习惯,应该为它办个风风光光的葬礼。"另一条小鳄鱼说道。

大鳄鱼像一块木头,随波逐流,纹丝不动。

小鳄鱼们哭着哭着开始交头接耳,这个细小的动作被珍珠鸡看得一清二楚。珍珠鸡断定,这件事儿一定有问题。

"晚上我会带着孩子们去的。"珍珠鸡不动声色地对小鳄鱼们说道。

小鳄鱼们急忙跑开，去准备葬礼。

"孩子们，我们今天晚上要去参加鳄鱼的葬礼。我猜这是一个圈套。你们一定要一步不离地跟着我，听到我的命令，就大声唱歌。"回到家，珍珠鸡叮嘱着孩子们。

晚上，珍珠鸡一家排着队向河边进发。

小鳄鱼们早已来到岸上，在大鳄鱼的身边站成一排。

小珍珠鸡们远远地和小鳄鱼们互相问好。

"可怜的孩子们，葬礼准备得怎样了？"珍珠鸡问道。

"还没有准备好，我们太小了，不知道怎么办，希望您能来安排一切。"小鳄鱼回答说。

"为了使我老朋友的葬礼办得风风光光，孩子们，你们唱支歌吧。这是件大事儿，应该按照规矩办。"珍珠鸡回头对孩子们说。

"大鳄鱼，我们在为你哭泣。你是否真的离去？要是真的这样，你就动动你的脚！"小珍珠鸡们唱起了悲伤的歌。

听到歌声，大鳄鱼不由地动了动脚。

"你已经动了脚，再张张嘴吧！"小珍珠鸡们接着唱道。

大鳄鱼果然听话地张了张大嘴。

"大鳄鱼，看来你真的走了。在这最后时刻，你再睁睁眼睛，然后就放心地走吧！"珍珠鸡唱道。

愚蠢的鳄鱼睁开小眼睛，看了一眼珍珠鸡。

"头脑呆傻的珍珠鸡，等你给我办完这种愚蠢的葬礼，我就马上吃掉你们！"鳄鱼暗想。

"大鳄鱼，转过身去，安息吧！"珍珠鸡最后唱道。

鳄鱼听话地转过身。

珍珠鸡带领孩子们趁机飞起来，鸣叫声响彻山谷。

"快回来，你说的狐猴、刺猬、大野猫都去哪儿啦，快把它们都叫来！"鳄鱼气急败坏地哀号着。

被捉弄的大鳄鱼知道珍珠鸡不会回来了，于是沮丧地闭上眼睛，沉入水中。

"孩子们，以后千万别去那条河里喝水，也别去那条河里洗澡。如果口渴，就用嘴尖沾沾露水，或去森林里喝清凉的溪水。"珍珠鸡回到家里，叮嘱小珍珠鸡们。

珍珠鸡优雅地走在前面，孩子们悠然地跟在妈妈身后，排着整齐的队伍向远处的森林走去，那里有高大挺拔的树木，帷幕般的葛藤和味道鲜美的水果……

鬼　　鸟

　　在辽阔的非洲草原上，到处可见白色的虱鸟停留在马、牛等食草动物的身上。有时，一头牛的后背上就会停留一大群这种小鸟儿。

　　夕阳西下，人们往往会看到这种小鸟儿成群结队向西飞去，好像在寻找什么。

　　人们又称虱鸟为"鬼鸟"，关于"鬼鸟"还有一个古老的传说。

　　远古时，虱鸟不像现在这样是白色的，而是有着红色的翅膀、嘴和腿。

　　第一只红色的鸟儿是从另外一个遥远的地方飞来的，飞到了南非草原上。

因为路途太过遥远，它飞得精疲力竭，磕磕绊绊地滑翔着掉落在苏鲁族的一个村庄附近。

它又累又渴，就快要死了。

村里一个叫印第比的孩子发现了小鸟儿，觉得它又好看又可怜，便打来泉水，掰开鸟儿的小红嘴，用草秆蘸水，一滴一滴地滴在小红鸟的干燥的喉咙里。

见小红鸟略有好转，印第比把它放进草丛，跑回家拿了些谷粉，耐心地喂给小鸟儿。就这样，印第比救了小红鸟一命。

小红鸟和印第比成了最要好的朋友。

无论印第比走到哪里，小红鸟都扇着翅膀飞在他的身后。

一次印第比在野外行走，一只毒蜘蛛从网上吊到他的面前。印第比没有发觉，但小红鸟的眼睛却十分尖锐。它快速飞到印第比的前面，一口把毒蜘蛛吃掉，救了印第比一命。

小红鸟用各种各样的方式报答着印第比的救命之恩。

不幸的是，印第比居住的地方发生了罕见的旱灾。

老天辜负了人们的期望，很长时间不曾下半点儿雨水。

炙热的太阳每天都炙烤着大地，河流与湖泊也干涸了，庄稼变得枯黄。

人们的粮食要吃完了，供人喝的井水也将干涸。

旱灾仍旧持续着，酋长只好把大家召集到一起商量对策。

最终酋长决定，只带上剩下的粮食和牲口，离开祖祖辈辈居住的家园，去水草肥美的地方安家。

人们舍不得离开故土，到处是哭声。可是，人们只能哭出声音，却流不出泪水。

人们连夜开始了漫无目的的旅途。

可是，印第比却找不到他的小红鸟。

"算了，印第比。一只小鸟儿有什么好找的，说不定它也去寻找新的家园了。"做好了上路准备的父亲说道。

印第比伤心极了，但只能跟着父母，踏上了寻找新家园的征程。

路上，印第比不断地回头望向天空，希望他的小红鸟追上来。可他每次回头，都很失望，小红鸟再也没出现过。

其实，小红鸟看到人们遭遇干旱，想替人们找到一处水草肥美的地方。

它飞了很多地方，但到处都是一片干枯的景象。等它飞回来时，人们已经上路好几天了。

空荡荡的村庄没有一滴水，也没有一粒粮食。小红鸟又饥又渴，加上劳累过度，倒在地上死去了。

第二天，太阳刚刚升起，奇迹发生了。一只纯白的小鸟儿，从红鸟死去的地方一飞而起。后来，人们叫这只转世再生的白鸟为"鬼鸟"。

鬼鸟在空中飞着，寻找印第比的族人。

"你们见到印第比没有?"鬼鸟落在一头牛的背上，问道。

"你朝太阳下山的地方飞吧，在那儿也许会找到他。"牛说道。

鬼鸟朝着太阳下山的地方飞去，就是不见印第比和他的族人。

它每当遇到牛群，就会落在牛背上，问着同样的问题，而老牛也是同样的回答。

直到今天，鬼鸟仍在坚定不移地寻找着印第比。